AF502204

14 avril 1902

P

OBJETS D'ART

ET

D'AMEUBLEMENT

DU XVIIIe SIÈCLE

TABLEAUX

Provenant de plusieurs Châteaux

APPARTENANT

à Madame la Vicomtesse J. de RAINNEVILLE

CATALOGUE

DES

OBJETS D'ART

ET

D'AMEUBLEMENT

DU XVIIIe SIÈCLE

FAIENCES ET PORCELAINES

OBJETS DE VITRINE — ÉVENTAILS — ORFÈVRERIE

SCULPTURES, OBJETS VARIÉS

RÉGULATEUR, PENDULES, BRONZES

SIÈGES ET MEUBLES

EN BOIS DE PLACAGE ET BOIS SCULPTÉ

TABLEAUX ANCIENS

Portraits par Mlle MAYER, Jean RAOUX

Pastels, Gouaches de l'École française du XVIIIe siècle

Provenant de Plusieurs Châteaux

APPARTENANT

A Madame la Vicomtesse J. de RAINNEVILLE

ET DONT LA VENTE AURA LIEU

HOTEL DROUOT, SALLES N°s 9, 10 & 11

Les Lundi 14, Mardi 15 et Mercredi 16 Avril 1902

A DEUX HEURES

COMMISSAIRE-PRISEUR

Me PAUL CHEVALLIER, 10, rue Grange-Batelière

EXPERTS

Pour les Objets d'art :	*Pour les Faïences :*
MM. MANNHEIM	**M. JULES FÉRAL**
7, rue Saint-Georges	31, faubourg Montmartre

EXPOSITIONS

PARTICULIÈRE : *Le Samedi 12 Avril 1902* } DE 1 HEURE 1/2

PUBLIQUE : *Le Dimanche 13 Avril 1902* } A 5 HEURES 1/2

Entrée par la rue Grange-Batelière

CONDITIONS DE LA VENTE

Elle sera faite au comptant.

Les acquéreurs payeront *dix pour cent* en sus des prix d'adjudication.

L'exposition mettant le public à même de se rendre compte de l'état et de la nature des objets, aucune réclamation ne sera admise une fois l'adjudication prononcée.

Paris. — Imp. de l'Art, E. Moreau et Cie, 41, rue de la Victoire.

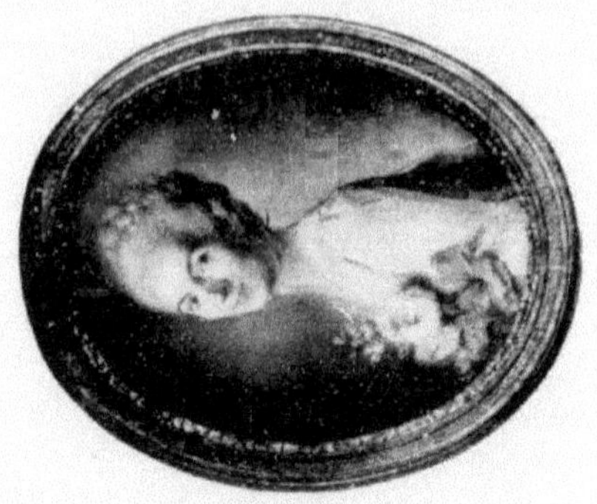

Désignation des Objets

TABLEAUX

PASTELS, GOUACHES

LAGRENÉE

(DEUX PENDANTS)

1 — *Compositions allégoriques : Renaud et Armide ; les Trois Grâces.*

Gouaches.

MAYER

(Mlle CONSTANCE)

2 — *Portrait de Jeune Femme.*

Représentée en buste, la poitrine découverte, entourée d'un voile de gaze, un manteau vert drapé sur l'épaule gauche.

Toile. Haut., 55 cent. ; larg., 45 cent.

MOUREAU

(PIERRE)

(DEUX PENDANTS)

3 — *L'Été.*

4 — *L'Hiver.*

Aquarelles gouachées.

RAOUX

(JEAN)

5 — *Portrait de Mme Lebel de Fermé.*

Debout dans un parc, accoudée sur une balustrade couverte d'un tapis rouge brodé d'or; elle est vue presque de face, le visage souriant, les cheveux poudrés, en corsage bleu décolleté, un œillet à la main droite et tenant une corbeille de fleurs.

Très beau portrait décoratif. On lit au dos : *Peint par Raoux en 1727.*

Beau cadre du temps en bois sculpté.

Haut., 1 m. 38 cent.; larg., 1 m. 05 cent.

ECOLE FRANÇAISE

(XVIIIe siècle)

(DEUX PENDANTS)

6 — *Portrait de Mme Mallet de Compigny.*

A mi-corps, tournée vers la gauche, le visage souriant, presque de face, corsage rose décolleté orné de fleurs.

7 — *Portrait de M. Mallet de Compigny.*

A mi-corps, de trois quarts à droite, habit bleu, gilet blanc, son chapeau sous le bras.

Beaux pastels, de forme ovale, datés 1761 et portant une signature presque effacée.

Haut., 55 cent.; larg., 45 cent.

ÉCOLE FRANÇAISE

(XVIIIe siècle)

8 — *Portrait de Le Grouyn de Treygnac.*

Vêtu d'un costume bleu paré de dentelles et de rubans, coiffé d'un chapeau de paille au bord relevé ; il est vu à mi-corps, tenant un instrument de musique.

Cadre en bois sculpté.

Pastel.

Haut., 78 cent. ; larg., 52 cent.

9 — Sous ce numéro seront vendus les tableaux ou dessins non catalogués.

FAIENCES

10 — Sept bidets variés en ancienne faïence de Rouen et autres.

11 — Jardinière-applique, fleurs. Rouen.

12 — Paire de petites jardinières-appliques, à décor de guirlandes. Rouen.

13 — Deux grands plats et assiette, décor à la corne. Rouen.

14 — Bassin : nymphe et satyre ; bord cannelé. Moustiers.

15 — Pot, à décor de personnages grotesques. Moustiers.

16 — Saladier, décoré d'un oiseau. Faïence française.

17 — Quatre assiettes variées : corbeilles de fleurs et oiseaux. Delft.

18 — Deux cornets, décor bleu : fleurs et oiseaux. Delft.

19 — Paire de petites potiches, décor en bleu : fleurs et oiseaux. Delft.

20 — Garniture de cinq pièces : trois potiches avec couvercles et deux cornets, à décor de lambrequins émaillés jaune sur fond marron. Delft.

21 — Coupe, à trois petits pieds et deux petites anses, à décor de paysages. Delft.

22 — Plat, décoré d'un sujet tiré de l'Évangile selon saint Mathieu, en camaïeu bleu, avec, au revers, la date 1776. Delft.

23 — Garniture de cinq pièces : trois potiches, avec couvercles, et deux cornets, à décor polychrome, fleurs et oiseaux. Faïence hollandaise.

24 — Fort lot de carreaux, à décor bleu, en faïence hollandaise.

25 — Deux cornets de pharmacie : paysages animés. Faïence italienne.

26 — Trois petits plateaux, fleurs et fruits, en faïence italienne du XVIIIe siècle.

27 — Figurine de joueur de cornemuse, assis sur un tronc d'arbre à rameaux fleuris. Faïence anglaise.

28 — Jonque, formant brûle-parfums, en céramique japonaise ; décor de chrysanthèmes.

29 — Pot en ancien grès de Rœren, semé de fleurettes sur fond bleu. Il est muni d'un couvercle.

PORCELAINES

DE LA CHINE ET DU JAPON

30 — Bassin rond en porcelaine de Chine, à décor bleu de fleurs.

31 — Deux jardinières hexagones, à décor de paysages en bleu, avec oiseaux laqués. Chine.

32 — Petit cornet, à décor bleu de paysages. Chine.

33 — Compotier en ancienne porcelaine de Chine, à décor d'ustensiles dorés sur fond bleu-soufflé.

34 — Flacon en ancienne porcelaine de Chine, décoré en bleu de compartiments à paysages et vases de fleurs. Monture ancienne en argent gravé.

35 — Flacon-aspersoir en ancienne porcelaine de Chine, à panse émaillée bleu-uni et col décoré de fleurs et ustensiles en bleu.

36 — Paire de petits flambeaux en ancienne porcelaine de Chine, à décor bleu; bases et douilles de bronze doré.

37 — Deux cache-pots cylindriques en ancienne porcelaine de Chine, aux armes de France.

38 — Paire de petites potiches, avec couvercles, décor bleu : fleurs et rochers. Chine.

39 — Paire de petits cornets, décor bleu : lambrequins et pendentifs. Chine.

40 — Bouteille en ancien céladon bleu-turquoise de la Chine flambé bleu : base en bronze doré de la maison *Dasson*.

Haut., 38 cent.

41 — Bouteille en ancienne porcelaine de Chine émaillée rouge-haricot : base en bronze doré de la maison *Dasson*.

Haut., 38 cent.

42 — Deux chiens de Fô, assis et portant un globe, en ancien céladon bleu-turquoise de la Chine. Bases en bronze doré à motifs rocaille.

43 — Deux chats couchés en ancien céladon bleu-turquoise de la Chine : les yeux sont incrustés en verre. Bases Louis XV en bronze doré.

44 — Deux petits chiens de Fô en ancienne porcelaine de Chine émaillée sur biscuit en jaune, vert et violet.

45 — Deux perruches en ancienne porcelaine de Chine émaillée sur biscuit, en vert, jaune et violet. Bases Louis XV en bronze doré.

46 — Grande potiche en ancienne porcelaine de Chine, époque Kien-lung, émaillée brun à l'imitation du bronze, avec parties tachées bleu-clair ; décor en relief composé de rinceaux. Couvercle en bois ajouré, à bouton de cristal de roche.

Haut., 41 cent.

47 — Paire de pots ovoïdes, avec couvercles, à décor de dragons, d'oiseaux, de fleurs et d'ustensiles en couleurs et dorure sur fond noir. Chine.

Haut., 25 cent.

48 — Gros vase piriforme, à anses-têtes de dragons, en ancien flambé violet de la Chine. Base en bronze doré de la maison *Dasson*.

Haut., 57 cent.

49 — Petit vase en ancien flambé violacé de la Chine; monture en bronze doré de la maison *Desson*.

50 — Petit vase en ancien flambé gris-bleuté de la Chine; monture en bronze doré de la maison *Dasson*.

51 — Coupe, avec porte-lumière au centre, en ancienne porcelaine de Chine flambée gris et bleu-clair.

52 — Lampe, formée d'une grande bouteille, en ancienne porcelaine de Chine, famille verte, à décor de rochers, branches fleuries et oiseaux. Époque des Ming.

53 — Deux pots à crème cylindrique, avec couvercles, en ancienne porcelaine de Chine, famille rose, à décor de fleurs.

54 — Tasse cylindrique à fleurs. Même porcelaine.

55 — Petit groupe de deux personnages : sujets galants, en ancienne porcelaine de Chine, famille rose.

56 — Jardinière ronde en ancienne porcelaine de Chine, famille rose, décorée de dragons.

57 — Paire de petits cornets, à décor de fleurs et lambrequins. Ancienne porcelaine de Chine, famille rose.

58 — Petite potiche, avec couvercle, en ancienne porcelaine de Chine, famille rose, décorée de deux grands compartiments, femme et enfant; fond vermiculé bleu à fleurettes réservées en blanc en relief.

59 — Grande potiche en ancienne porcelaine de Chine, famille rose, décorée de réserves, contenant des enfants dans des paysages et se détachant sur un fond rose, chargé de branches fleuries de même nuance. Collerette et base en bronze doré de la maison *Dasson*.

Haut., 37 cent.

60 — Candélabre, formé d'une potiche, en ancienne porcelaine de Chine, famille rose, à décor de réserves contenant des branches fleuries et se détachant sur un fond chargé de rinceaux. Le bouquet de lumières, en bronze doré, est décoré de lys; collerette ajourée et base également de bronze doré. Fin de l'époque Louis XV.

Haut., 75 cent.

61 — Petite potiche en ancienne porcelaine de Chine, famille rose, à décor de réserves à personnages se détachant sur un fond rose, orné de fleurettes de même couleur. Elle est semblable à la potiche n° 59.

Haut., 18 cent.

62 — Jardinière octogone, avec socle ajouré, en ancienne porcelaine de Chine, famille rose, à décor de compartiments contenant des ustensiles et des branches fleuries. Base en bronze doré de la maison *Dasson*.

Haut., 25 cent.

63 — Jardinière en ancienne porcelaine de Chine, famille rose, à décor de petits paysages et de fleurs. Base en bronze doré de la maison *Dasson*.

64 — Aiguière, avec couvercle, décorée de fleurs. Ancienne porcelaine de la Compagnie des Indes.

65 — Dix tasses et dix soucoupes, fleurs et guirlandes. Compagnie des Indes.

66 — Deux flacons, décorés de compartiments à fleurs et rochers, en ancienne porcelaine du Japon. Collerette en argent.

67 — Flacon à thé, à décor bleu, rouge et or, de fleurs. Ancienne porcelaine du Japon.

68 — Deux bols : fleurs, décor bleu, rouge et or. Japon.

69 — Pot en porcelaine de Kaga, à paysages.

70 — Bol en porcelaine de Siam : divinités sur fond noir.

PORCELAINES VARIÉES

71 — Quatre étiquettes à vin en ancienne porcelaine blanche.

72 — Paire de vases-rocailles en porcelaine blanche, rehaussée de dorure.

73 — Figurine de Junon en biscuit.

74 — Statuette en biscuit : joueur de cornemuse.

75 — Tasse et soucoupe en porcelaine, à sujet militaire. Fond rouge. Époque Empire.

76 — Deux petites tasses cylindriques, à réserves à fleurs et oiseaux sur fond bleu-turquoise. Porcelaine tendre.

77 — Vingt-six assiettes en ancienne porcelaine de Niederwiller (Custine) : fleurs en camaïeu rose.

78 — Deux petits poêlons, avec couvercles, en ancienne porcelaine de Boissette, à décor de fleurs.

79 — Paire de jardinières, à réserves de fleurs sur fond à œils de perdrix, en ancienne porcelaine de Paris. Manufacture de Clignancourt.

80 — Deux plateaux et seize tasses à sorbets, décorées de roses, en ancienne porcelaine dure de Sèvres.

81 — Petite soucoupe en ancienne porcelaine tendre de Sèvres : guirlandes de fleurs; bordure piquée bleu.

82 — Salière, à trois récipients, en ancienne porcelaine tendre de Sèvres, à médaillons; baguette enguirlandée et bordure à fond bleu; anse simulant l'osier.

83 — Soucoupe et fragment de tasse monté en or en ancienne porcelaine tendre de Sèvres : la Mère de famille, en camaïeu rose.

84 — Figurine en ancienne porcelaine de Chelsea : Fillette debout tenant un chat coiffé d'un bonnet.

85 — Sucrier, avec couvercle, à décor de fleurs. Vienne.

86 — Deux figurines en ancienne porcelaine de Berlin : amour marchand de poissons et amour costumé en fillette dansant.

87 — Deux figurines en ancienne porcelaine de Frankenthal : petit perruquier debout poudrant une perruque posée à côté de lui, et petite perruquière portant une perruque dans une bannette.

88 — Figurine de joueuse de vielle. Ancienne porcelaine de Louisbourg.

89 — Serin sur un tronc d'arbre en ancienne porcelaine de Saxe.

90 — Figurine d'enfant nu en ancienne porcelaine de Saxe, assise sur une base, forme piédestal, en ancienne porcelaine de Vienne.

91 — Figurine en ancienne porcelaine de Saxe de personnage de la Comédie italienne en tunique blanche et culotte jaune.

92 — Figurine en ancienne porcelaine de Saxe de femme assise et occupée à coudre.

93 — Douze assiettes en ancienne porcelaine de Saxe, à décor de fleurs; bordures ajourées.

94 — Bol, à huit pans, décoré de fleurs de style japonais, en ancienne porcelaine de Saxe. Marque d'une des ventes du Musée de Dresde.

95 — Deux pots de toilette en ancienne porcelaine de Saxe, à décor d'oiseaux et d'arbustes.

96 — Cabaret en ancienne porcelaine de Saxe, à larges carrelages, bordés de filets dorés contournés. Il est composé d'une théière, une cafetière, un pot à lait, un flacon à thé, avec couvercles, un bol, dix tasses et sept soucoupes.

97 — Petit plateau, orné d'amours, bordure imbriquée rose. Ancienne porcelaine de Saxe.

98 — Trois petits vases, à anses-mascarons, à décor de draperies et fleurs, en porcelaine de Saxe-Marcolini.

99 — Deux tasses, avec couvercles, à fleurs sur fond rouge, en porcelaine de Saxe.

OBJETS DE VITRINE

100 — Petit carnet, à feuilles d'ivoire et à reliure d'argent gravé, armoiries et monogrammes. XVIIe siècle.

101 — Boite ronde en ivoire sculpté, personnages et rinceaux. Époque Régence.

102 — Médaillon-pendentif en ancien biscuit en blanc et en relief sur fond bleu : sujet allégorique. Monture en or.

103 — Couteau pliant, à manche de bois sculpté. Époque Louis XV.

104 — Couteau pliant en écaille incrustée d'argent : rinceaux et amours chasseurs. Époque Louis XV.

105 — Couteau pliant, à manche garni d'or ciselé, à décor de vases et rinceaux. Époque Louis XVI.

106 — Bonbonnière en écaille blonde, Louis XVI, ornée d'une miniature en grisaille : amour sur un chien.

107 — Tabatière ovale en écaille brune, incrustée d'or. Époque Louis XVI.

108 — Étui porte-tablettes en nacre, partiellement dorée, à médaillons. Époque Louis XVI.

109 — Tabatière Louis XVI en cuivre doré.

110 — Petit médaillon en or émaillé rose, à figures allégoriques en applications d'or de couleur découpé. Époque Louis XVI.

111 — Dé à coudre en or de couleur ciselé. Époque Louis XVI.

112 — Boite a mouches en cuivre gravé. Époque Louis XVI.

113 — Médaillon-pendentif, émaillé : enfant nu en grisaille sur fond rose. xviiie siècle. Monture en or.

114 — Flacon piriforme en argent, à décor de nervures en spirales. xviiie siècle.

115 — Médaillon-broche en argent : Diane au repos. Signé *Cochin*.

116 — Petit étui, à aiguilles, en ancien émail de Saxe, à personnages, fond bleu.

117 — Boite en ancien émail de Saxe : fleurs et imbrications en camaïeu rose.

118 — Boite en ancien émail de Saxe, à personnages.

119 — Bonbonnière, décorée au vernis, à l'imitation du maroquin. xviiie siècle.

120 — Deux étuis en galuchat du xviiie siècle.

121 — Boite ronde, décorée au vernis : motifs rocaille et fleurs, vernis or sur fond noir. xviiie siècle.

122 — Bonbonnière en écaille brune, ornée d'une miniature : portrait de magistrat. xviiie siècle.

123 — Petit étui plat en écaille, incrustée de cuivre et de nacre, à décor de cornes d'abondance et panier de fruits. xviiie siècle.

124 — Petite boite plate en galuchat, contenant deux miroirs. xviiie siècle.

125 — Bonbonnière oblongue en nacre sculptée, à sujets chinois. Ancien travail hollandais.

126 — Petite boite plate en nacre sculptée, montée argent : Amours et rocailles. XVIIIe siècle.

127 — Bonbonnière ronde, décorée au vernis : Amour auprès d'une urne. XVIIIe siècle.

128 — Petite pomme de canne en or. XVIIIe siècle.

129 — Petit flacon, forme balustre, en ambre, monté or. Fin du XVIIIe siècle.

130 — Petite trousse de médecin dans un écrin en maroquin rouge. Époque Empire.

131 — Petit carnet, à reliure de nacre gravée. Époque Empire.

132 — Bijou-pendentif, en forme de corbeille de fleurs, en or et pierres de couleur. Travail italien.

133 — Deux petites salières en cuivre émaillé : fleurs, sur fond bleu.

ÉVENTAILS, ORFÈVRERIE

134 — Éventail du temps de Louis XV, à monture de nacre dorée : feuille à sujet allégorique, se détachant sur un fond orné de fleurs et de dentelles.

135 — Éventail du temps de Louis XV, à monture d'ivoire ajouré et sculpté ; sur la feuille : Fête champêtre, dans la manière de Teniers.

136 — Éventail du temps de Louis XV, à monture d'ivoire peint et doré, avec applications de nacre, présentant, ainsi que la feuille, une allégorie au Mariage du Dauphin et de Marie-Antoinette.

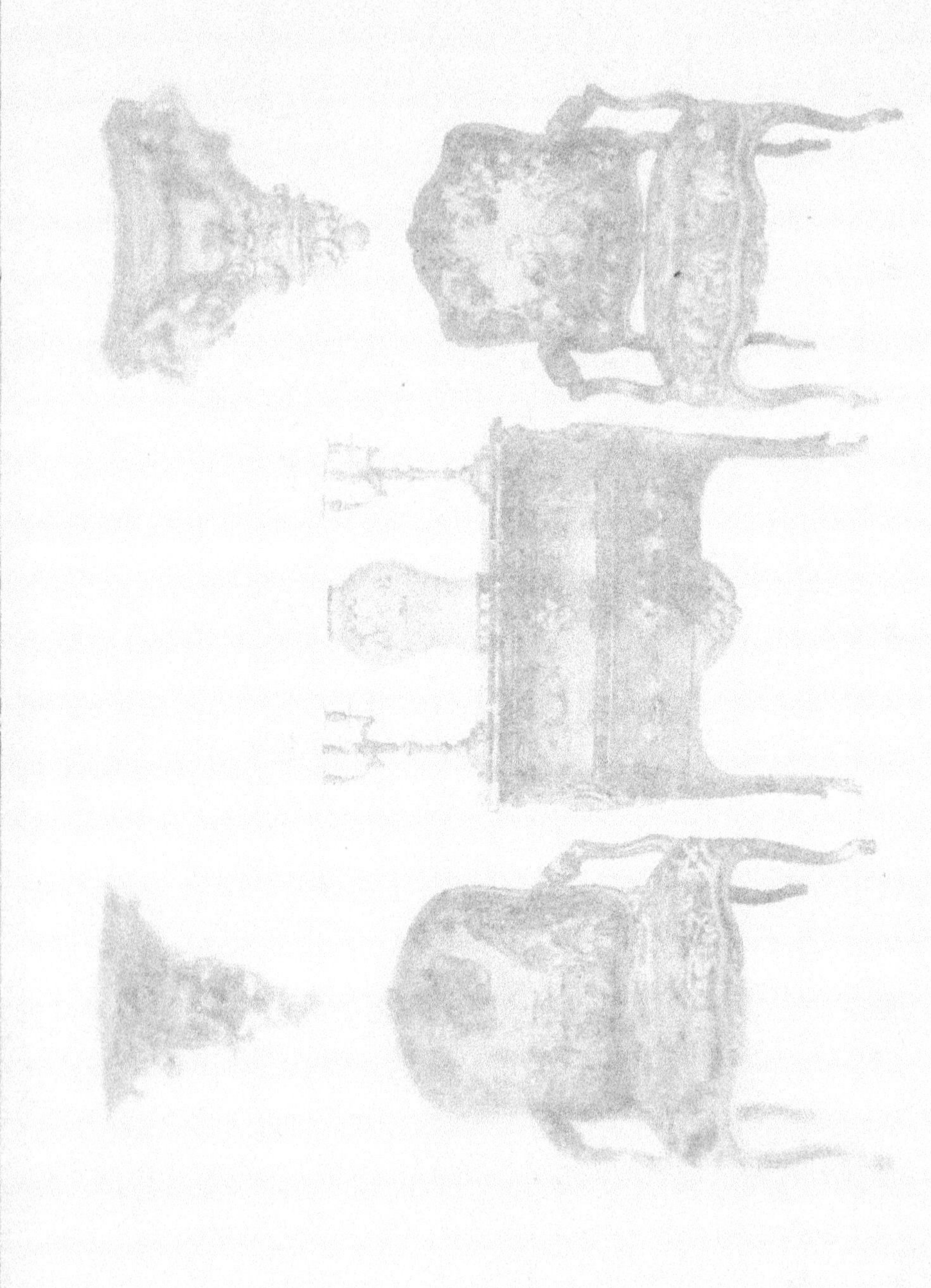

171
172
139
39
139
290
320
288

137 — Éventail du temps de Louis XVI, à monture de nacre ajourée, peinte et dorée ; feuille de soie peinte, rehaussée de paillettes, à sujets galants, fleurs, fruits et attributs.

138 — Éventail du temps de Louis XVI, à monture d'écaille et d'ivoire argenté et doré ; sur la feuille : Personnages chinois et fleurs.

139 — Paire de girandoles à trois lumières en argent, décorées, sur la tige à quatre faces, de pendentifs de petites feuilles, et, sur la base, de petites cannelures obliques, d'agrafes et d'une bordure festonnée, ornée d'un rang d'oves. Branches porte-lumières, ornées de feuilles. Vieux Paris. Poinçons de *J. Berthe*, sous-fermier des droits de marque, année 1755-56.

Haut., 38 cent.

140 — Cinq gobelets en argent gravé, à médaillons et guirlandes. Travail russe de 1787.

141 — Paire de flambeaux en argent, à tiges-trépieds et têtes de béliers enguirlandées ; douilles mobiles en forme de vases. Fin du XVIIIe siècle.

Haut., 25 cent.

142 — Deux vases ovoïdes sur piédouches bas, en argent ajouré, décor de cordons de perles et feuillages. Travail allemand de la fin du XVIIIe siècle. Double-fond en verre bleu.

143 — Deux statuettes : Minerve et Mars, formant flacons, en argent partiellement doré, de travail italien du XVIIe siècle.

OBJETS VARIÉS

DE LA CHINE ET DU JAPON

144 — Deux petites plaques, ornées de chauve-souris. Ancien émail cloisonné de la Chine.

145 — Petite coupe, sur plateau fixe simulant une fleur, en laque rouge de Pékin.

146 — Cornet en verre bleu de la Chine. Base en bronze doré de la Maison *Dassot*.

147 — Brule-parfums tripode en bronze de la Chine uni.

148 — Jardinière ronde, à deux anses, en bronze de la Chine.

149 — Jardinière oblongue en ancien bronze doré de la Chine, à décor de dragons, portée par deux personnages, debout, en bronze patiné et doré; socle en bois sculpté.

Haut., 23 cent.

150 — Vase piriforme en ancien bronze de la Chine, orné d'une zone de motifs irréguliers et muni de deux anses circulaires.

151 — Grande jardinière rectangulaire en ancien bronze de la Chine, à décor en relief de chiens de Fô et de branchages.

Larg., 1 m. 7 cent.; prof., 54 cent.

152 — Deux brule-parfums variés, formés d'oiseaux, en bronze du Japon.

153 — Fontaine en bronze argenté, à anses-têtes chimériques et lambrequins à l'épaulement. Travail japonais.

154 — Bassin en fer, incrusté d'argent, à surface semée de fleurettes. Ancien travail oriental.

OBJETS VARIÉS

155 — Hache en fer, à décor doré.

156 — Petite croix en fer, du XVIIe siècle.

157 — Pot a eau Louis XV en étain, à armoiries.

158 — Deux vases en étain, à anses-cariatides et rinceaux, datés 1758.

159 — Presse-papier, formé d'un sphinx en marbre rouge antique. Bordure de bronze doré. XVIIIe siècle.

160 — Boite en bois sculpté, à décor de compartiments de fleurs, avec attributs de l'amour dans des médaillons sur les côtés. Travail de *Bayard, de Nancy*. XVIIe siècle.

161-162 — Deux boites en bois sculpté, à décor de compartiments, vases de fleurs et rinceaux avec bordures fleurdelysées. Travail de *Bayard, de Nancy*. XVIIe siècle.

163 — Boite, de forme carrée, en bois sculpté, décorée d'un semis de fleurettes, avec rosace au centre du couvercle. Travail de *Bayard, de Nancy*. XVIIe siècle.

164 — Écritoire en ébène, à filets de cuivre.

165 — Écritoire en bois et étain.

166 — Coffret en bois sculpté, surmonté d'un lion et décoré de rinceaux, de mascarons, ainsi que de cariatides aux angles. Travail italien du XVIe siècle.

167 — Coffret en marqueterie de bois de couleurs, corbeille de fleurs, rinceaux et entrelacs. XVIIe siècle.

168 — Coffret en bois incrusté d'étain et de cuivre, à décor d'armoiries, de feuillages, d'oiseaux et de rinceaux. Travail allemand du XVIIe siècle.

169 — Coffret en bois, garni de cuivre, du temps de Louis XIII, contenant trois flacons à thé en étain.

170 — Cadre Louis XIV en bois sculpté.

171 — Support-applique en bois sculpté et doré, orné d'un dragon et de motifs rocaille ajourés. Époque Louis XV.

172 — Support-applique en bois sculpté et doré, formé de deux femmes à corps terminé par des feuillages et supportant la tablette de leurs bras surélevés. Époque Louis XVI.

173 — Deux supports-appliques en bois verni noir et garni de bronzes. Époque Louis XV.

174 — Statuette en bois sculpté de femme nue debout se couvrant en partie le corps d'une draperie. XVIIIe siècle.

175 — Petit groupe, en bois sculpté, de deux enfants nus jouant avec un coq. Époque Louis XV.

176 — Flacon en verre incolore soufflé de Venise, en forme d'amour; bouchon, forme figurine et garniture de base en argent. XVIIe siècle.

177 — Flacon en cristal gravé, vase de fleurs et navires; garniture d'argent gravé. Allemagne, XVIIe siècle.

178 — Trois coupes en cristal gravé, fleurs. Travail de Bohême, XVIIIe siècle.

179 — Petit bassin en cristal de Bohême, gravé à rinceaux. XVIIIe siècle.

180 — Deux vases en verre bleu, à anses mufles de lions.

181 — Deux flacons sphériques en ancien cristal gravé.

182 — Petit flacon en ancien cristal gravé à rinceaux.

183 — Beurrier rond, avec couvercle en verre, à décor doré.

SCULPTURES

184 à 186 — Trois mortiers en porphyre rouge oriental, dont un cylindrique. xviie et xviiie siècles.

187 — Mortier en serpentin vert d'Égypte: monture en bronze doré à pieds-dauphins et anses-feuillages de la maison *Dasson*.

188 — Vasque ovale en marbre brèche violette, à anses mascarons pris dans la masse. Époque Régence.

Haut., 50 cent.; larg., 75 cent.

189 — Buste en marbre blanc, grandeur nature, de guerrier de style antique, xviie siècle.

190 — Taureau en marbre blanc de style antique.

Haut., 53 cent.; larg., 64 cent.

191 — Fragment d'architecture en pierre sculptée à mascarons et fenestrages.

192 — Six tablettes de marbre variées pour commodes et consoles.

CUIVRES ET BRONZES D'ART

193 — Seau en bronze, à trois petits pieds-griffes et anses-mascarons. Époque romane.

194 — Très petit réchaud en bronze.

195 — Deux petits chevaux passant, en bronze patiné. Ancien travail florentin.

196 — Petit buste en bronze doré de personnage, de style antique, sur base à draperies. xviie siècle.

197 — Aiguière en dinanderie, à mascarons gravés sous le déversoir. xviie siècle.

198 — Deux fontaines variées, en forme de vases, en cuivre.

199 — Grande fontaine-applique, avec bassin en cuivre ; anses-mufles de lions et frises de feuillages. Époque Louis XIII.

Haut., 79 cent.; larg., 57 cent.

200 — Deux seaux à rafraîchir en cuivre argenté, à anses formées de mascarons barbus. Époque Régence.

201 — Soupière, avec couvercle, en cuivre argenté, à décor de guirlandes de laurier et de mufles de lions en relief. Fin de l'époque Louis XV.

202 — Jardinière ovale, à anses-mufles de lions, en cuivre argenté. Époque Louis XVI.

203 — Grande boîte ovale Louis XVI en cuivre gravé.

204 — Deux figurines variées, en bronze patiné, de Vénus, d'après l'antique. Fin du xviiie siècle.

205 — Deux coupes en bronze argenté, à anses-têtes de béliers et bases à feuilles et rinceaux. Fin du xviiie siècle. Doubles-fonds en verre bleu.

206 — Aiguière, à col trilobé, en cuivre.

207 — Seau en cuivre.

208 — Deux statuettes en bronze, de style antique : joueur de flûte et joueuse de lyre.

RÉGULATEUR, PENDULES

BRONZES

209 — Régulateur, de forme contournée, en ébène et marqueterie de *Boulle*, cuivre sur écaille, avec incrustations de nacre et de corne bleuie, marquetée de cuivre. Décor de quadrillés, de rosaces dans des carrelages et de rinceaux. Il est garni de bronzes dorés : encadrements de rocailles, motif d'amortissement contourné, mascarons et chutes ornées de fleurs. Travail français. Le cadran, en cuivre gravé et doré, est signé : « *David Sigmund Has Augspurg*. » Commencement du XVIIIe siècle.

Haut., 2 m. 40 cent.

210 — Paire de bras-appliques, à une lumière, en bronze doré, à mascarons et palmettes. XVIIe siècle.

211 — Paire d'appliques, à une lumière, en cuivre, ornées chacune d'un buste de guerrier antique. XVIIe siècle.

212 — Pendule-religieuse en écaille, incrustée de cuivre; petit vase et cadran en bronze doré. Signée : *Lebègue à Paris*. XVIIe siècle.

213 — Pendule sur socle-applique en marqueterie de cuivre sur écaille; garniture de bronzes : figurine d'enfant, char d'Amphitrite, chutes à mascarons, etc. Cadran signé : *Lejay à Paris*. Époque Louis XIV.

214 — Paire de flambeaux en bronze doré; tiges-balustres à mascarons et palmettes; bases hexagones à coquilles et mascarons avec bordures festonnées. Époque Régence.

215 — Pendule sur socle-applique, décorée au vernis, à fleurs; garniture en bronze doré, à motifs rocaille. Époque Régence.

216 — Paire de chenets Louis XIV en bronze, combat d'animaux, sur bases à mascarons.

217 — Pendule en marqueterie d'écaille et d'étain sur cuivre, à décor de rinceaux. Cadran signé : *Duchesne à Paris*. Époque Louis XIV.

218 — Petit flambeau en bronze partiellement doré et laqué, du temps de Louis XV, orné d'une figurine de personnage en ancienne porcelaine de Chine émaillée sur biscuit.

219 — Paire de bras-appliques Louis XV, à deux lumières, motifs rocaille. Bronze doré.

220 — Paire de bras-appliques Louis XV, analogues, mais plus grands.

221 — Paire de petits bras-appliques Louis XV, à deux lumières, en bronze doré, à motifs rocaille.

222 — Petite pendule en marbres blanc et rouge-veiné et bronze doré, à mouvement surmonté d'un vase de fleurs et soutenu par deux pilastres reposant sur une base demi-lune. Époque Louis XVI.

223 — Pendule et deux candélabres, à deux lumières, en bois doré, du temps de Louis XVI. Le mouvement de la pendule, surmonté et encadré de feuillages et de grappes de raisin, est placé sur une tablette entourée d'une galerie et supporté par trois statuettes de femmes debout sur une base cannelée, accostée de deux petits vases. Les candélabres, en forme de colonnettes cannelées, se terminent en bustes de femmes.

Haut., 80 cent.; larg., 57 cent.

224 — Grande pendule en marbres blanc et bleu turquin, garnie de bronzes patinés et dorés, à mouvement surmonté d'un aigle et compris dans un entablement décoré de deux amours et supporté par deux pilastres à cariatides et consoles renversées. Base ornée d'une frise de jeux d'amours. Époque Louis XVI.

225 — Paire de candélabres, à trois lumières, en bronze argenté ; tiges-balustres, bases octogones à bordures festonnées. Époque Louis XV.

226 — Paire de flambeaux-balustres en bronze, à décor de guirlandes de fleurs, cannelures et petits cartouches. Époque Louis XV.

227 — Paire de flambeaux en bronze, à décor de motifs rocaille. Époque Louis XV.

228 — Petite pendule en bronze doré, simulant un chêne au milieu duquel est placé le mouvement. Époque Louis XV. Mouvement signé : *Roque, à Paris*.

Haut., 33 cent.

229 — Deux paires de bras-appliques Louis XV, à deux lumières, en bronze doré, à figures d'amours sur des feuillages d'où naissent les branches porte-lumières.

230 — Paire de flambeaux en bronze argenté, à décor de motifs rocaille, de fleurs, feuilles et nervures en spirales. Epoque Louis XV.

231 — Paire de chenets en bronze doré, formés chacun d'un personnage de la Comédie italienne, assis sur un motif rocaille. Époque Louis XV.

232 — Paire de chenets en bronze, de la fin du règne de Louis XV, formés de vases enguirlandés et de bases cannelées et ornées de feuillages.

233 — Grande pendule en marbre blanc et bronze doré, en forme de fontaine supportant le mouvement et ornée, de chaque côté, d'une statuette de faune en bronze à patine brune. Elle est surmontée d'une petite pyramide en marbre bleu-turquin, présentant deux têtes de béliers et un style de cadran solaire en bronze doré, et soutenant elle-même un globe céleste bleui, à cadran tournant

indiquant les quantièmes, et avec un aigle éployé comme amortissement. Socle en marbre bleu-turquin. Cadran signé : *Garelle Le, à Paris.* Époque Louis XVI.

Haut., 79 cent.; larg., 50 cent.

234 — Candélabre en bronze doré, composé d'une statuette de femme à demi-nue, portant le bouquet de trois lumières, orné de fleurs. Base en marbre blanc garnie de bronze doré. Époque Louis XVI.

Haut., 58 cent.

235 — Deux chutes, à feuilles de chêne, en bronze doré. Époque Louis XVI.

236 — Grande pendule en bronze doré, en forme de gros vase, à anses-doubles, orné de guirlandes de laurier. Ce vase repose sur une base oblongue sur laquelle sont assis, d'un côté, l'Amour, de l'autre, un enfant nu personnifiant le Dessin. Cadran signé : *Ferdinand Berthoud.* Époque Louis XVI.

Haut., 65 cent.

237 — Pendule en marbre blanc et bronze doré, à mouvement cantonné de quatre colonnettes et surmonté d'un petit vase de fruits. Cadran signé : *Foullet, à Paris.* Époque Louis XVI.

Haut., 35 cent.

238 — Petite pendule de bureau en bronze doré, à décor de fleurs et trophées. Base en marbre blanc. Époque Louis XVI.

Haut., 22 cent.

239 — Cartel Louis XVI en bois doré.

240 — Grande pendule en marbres blanc et noir et bronze patiné et doré; mouvement surmonté d'un aigle et soutenu par deux pilastres à figurines d'amours, cariatides et consoles renversées. Base ornée de frises de jeux d'amours. Époque Louis XVI.

241 — Horloge, de forme contournée, en cuivre repoussé, à décor de rinceaux. xviiie siècle.

242 à 248 — Sept bougeoirs en bronze, dont un argenté; décors variés. xviiie siècle.

245 à 251 — Treize paires de flambeaux variés en bronze et bronze argenté du XVIIIe siècle.

252 — Paire de flambeaux-statuettes en étain. Travail hollandais du XVIIIe siècle.

253 — Paire de candélabres, à trois lumières, en bronze doré, supportées par une statuette de femme égyptiennne en bronze patiné. Base carrée en marbre petit antique. Fin du XVIIIe siècle.

254 — Pendule en marbres blanc et bleu-turquin et bronzes dorés, à mouvement surmonté d'un vase de fleurs et accosté de deux colonnettes reposant sur une base oblongue supportant un petit autel allégorique à l'amour. Fin du XVIIIe siècle.

255 — Pendule en marbres blanc et noir, garnie de bronzes dorés, à mouvement suspendu à un entablement surmonté de trois vases et supporté par deux colonnettes reposant sur une base à cinq pieds-toupies. Fin du XVIIIe siècle.

256 — Paire de flambeaux-colonnettes en marbres blanc et noir; douilles et bordures en bronze doré. Fin du XVIIIe siècle.

257 — Pendule en marbre blanc et bronzes dorés, à mouvement suspendu à un entablement à fronton soutenu par deux colonnettes. Fin du XVIIIe siècle.

258 — Pendule, à mouvement suspendu à un fronton supporté par deux colonnettes en marbre blanc; appliques et draperies en bronze doré. Fin du XVIIIe siècle.

259 — Pendule-borne en bronze doré, à cadran placé sous un fronton de style antique. Époque Empire.

260 — Pendule en bronze doré, à mouvement contenu dans un vase à deux anses ornées de figures allégoriques. Époque Empire.

261 — Deux petites corbeilles ajourées, sur bases cylindriques, en bronze doré. Même époque.

262 — Paire de flambeaux, à tiges côtelées et décor de palmettes en bronze doré. Époque Empire. Ces flambeaux forment garniture avec les nos 259 et 260.

SIÈGES

263 — Deux tabourets en bois Louis XIII, couverts en tapisserie au point, à fond jaune.

264 — Tabouret Louis XIV en bois sculpté, couvert en tapisserie au point : oiseaux sur fond blanc.

265 — Fauteuil Louis XIV en chêne, couvert en cretonne.

266 — Fauteuil, à joues, en bois sculpté, à décor de feuillages, avec croisillon d'entrejambes. Époque Louis XIV. Il est couvert d'étoffe.

267 — Fauteuil, à joues, en bois sculpté, à décor de feuillages, avec traverses d'entrejambes et bras détachés. Il est couvert en soie brochée à ramages blancs sur fond rouge. Époque Louis XIV.

268 — Fauteuil bas en bois sculpté, avec croisillon d'entrejambes, couvert en tapisserie au point, à grosses fleurs et figure allégorique. Époque Louis XIV.

269 — Six fauteuils en bois sculpté du temps de Louis XV, à décor de fleurettes et feuilles, couverts en tapisserie au point du temps de Louis XIV, à dessin d'animaux sur les sièges et de personnages sur les dossiers.

270 — Fauteuil en bois sculpté Régence, couvert en velours vert.

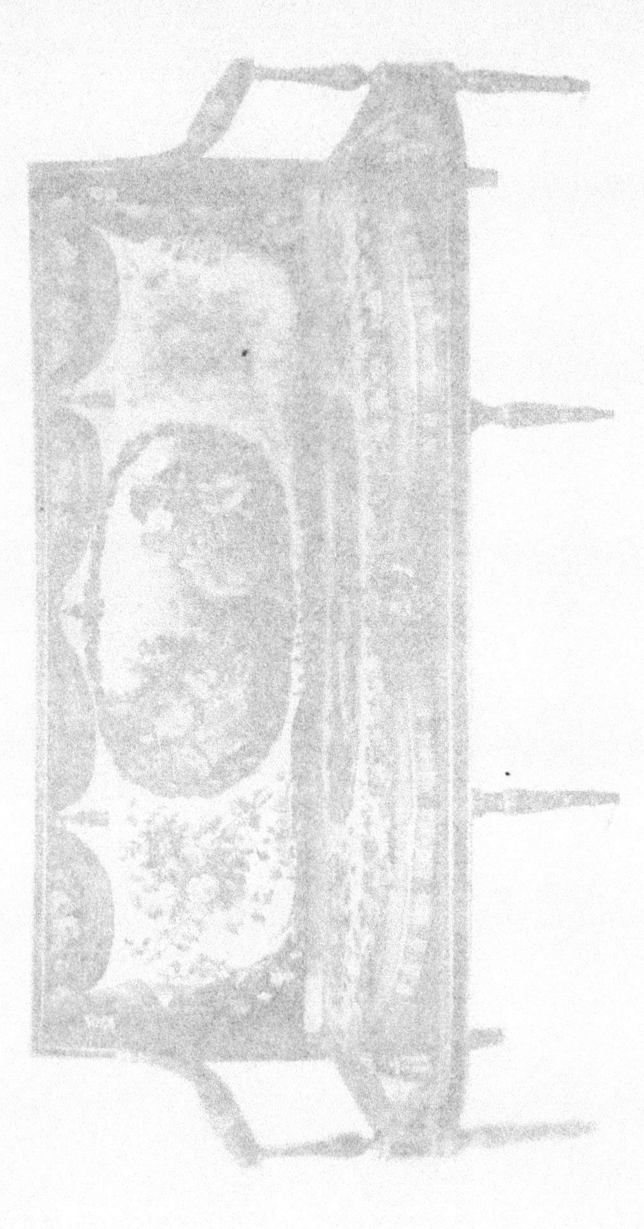

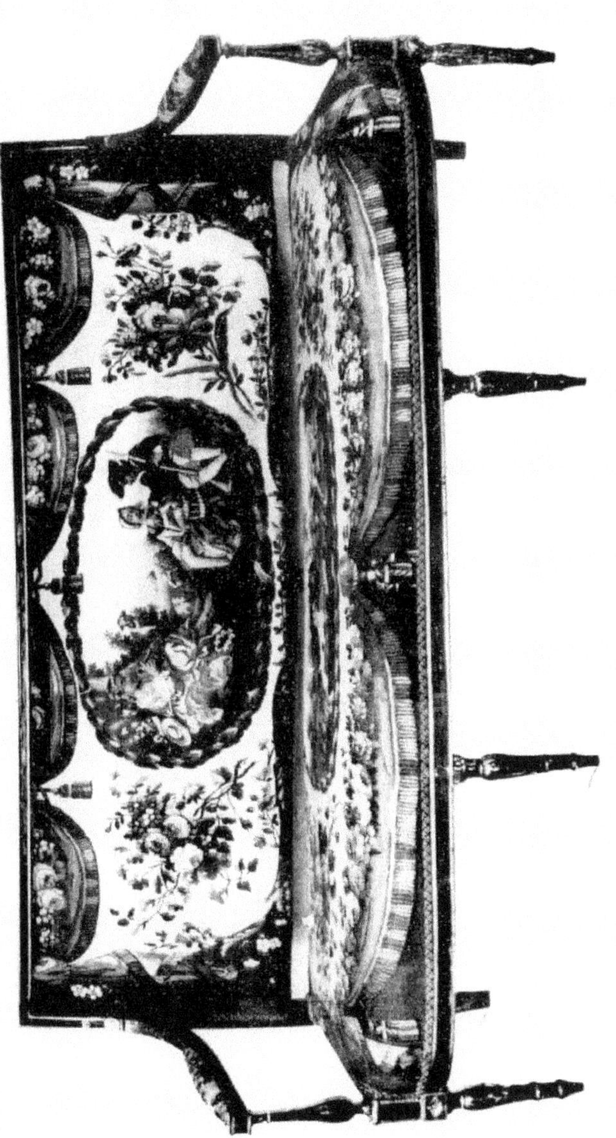

271 — Banquette régence, en bois sculpté, avec croisillon d'entre-jambes.

272 — Tabouret de pieds en bois sculpté, Régence, couvert en velours vert.

273 — Grand fauteuil en bois sculpté, décoré d'une coquille et de petits rinceaux. Époque Régence. Il est couvert en velours vert.

274 — Grand fauteuil en bois sculpté, décoré de palmettes, quadrillés et feuillages, avec croisillon d'entrejambes. Époque Régence. Il est couvert en tapisserie au point.

275 — Grand fauteuil en bois sculpté, orné de palmettes, petites feuilles et rinceaux. Époque Régence. Il est couvert de cuir.

276 — Trois chaises en bois sculpté et doré, à décor de palmettes et motifs rocaille, avec croisillon d'entrejambes. Elles sont couvertes d'étoffes variées. Époque Régence.

277 — Trois chaises en bois sculpté et doré, décorées de fleurettes et motifs rocaille. Époque Louis XV. Elles sont couvertes d'étoffes variées.

278 — Deux bergères en bois sculpté Louis XV, couvertes en broderie au point à fleurs Louis XIII et velours vert.

279 — Canapé en bois sculpté Régence, couvert de même.

280 — Bois de bergère Louis XV sculpté et peint.

281 — Canapé et quatre fauteuils variés en bois sculpté du temps de Louis XV, à fleurettes et rocailles, couverts en lampas à grosses feuilles sur fond jaune.

282 — Deux fauteuils Louis XV en bois sculpté, couverts en tapisserie au point, à fleurs sur fond blanc.

283 — Canapé en bois sculpté Louis XV, capitonné de damas vert.

284 — Fauteuil en bois sculpté Louis XV, à fleurettes, couvert en damas vert.

285 — Fauteuil en bois sculpté Louis XV, couvert en cretonne.

286 — Bergère en bois sculpté Louis XV, couverte en damas rouge.

287 — Deux fauteuils Louis XV en bois sculpté et peint gris, couverts en cretonne.

288 — Six fauteuils en bois sculpté, à fleurs et feuilles, couverts en tapisserie, à dessin d'animaux : sujets tirés des fables de La Fontaine, sur fond blanc encadré de guirlandes de fleurs avec bordures rouges. Les bois sont signés : *Nogaret à Lyon*. Époque Louis XV.

289 — Quatre fauteuils, à dossiers-médaillons en bois doré, couverts en tapisserie au point du temps de Louis XV, à dessin de fleurs, vases, etc., sur fond blanc.

290 — Deux fauteuils, à dossiers-médaillons, en bois laqué blanc, couverts en tapisserie au point du temps de Louis XVI, à corbeilles de fleurs et attributs de l'amour sur fond blanc.

291 — Deux chaises en bois sculpté et peint blanc, signées : *G. Lechartier*, couvertes en tapisserie au point, à fleurs sur fond blanc. Époque Louis XVI.

292 — Canapé Louis XVI en chêne sculpté à cannelures, couvert d'étoffe.

293 — Meuble de salon, composé d'un canapé et huit fauteuils en bois noir et or, couvert de tapisserie d'Aubusson du temps de Louis XVI, à médaillons contenant de petits personnages sur les dossiers, des animaux sur les sièges et se détachant sur un fond blanc orné de fleurs et de draperies.

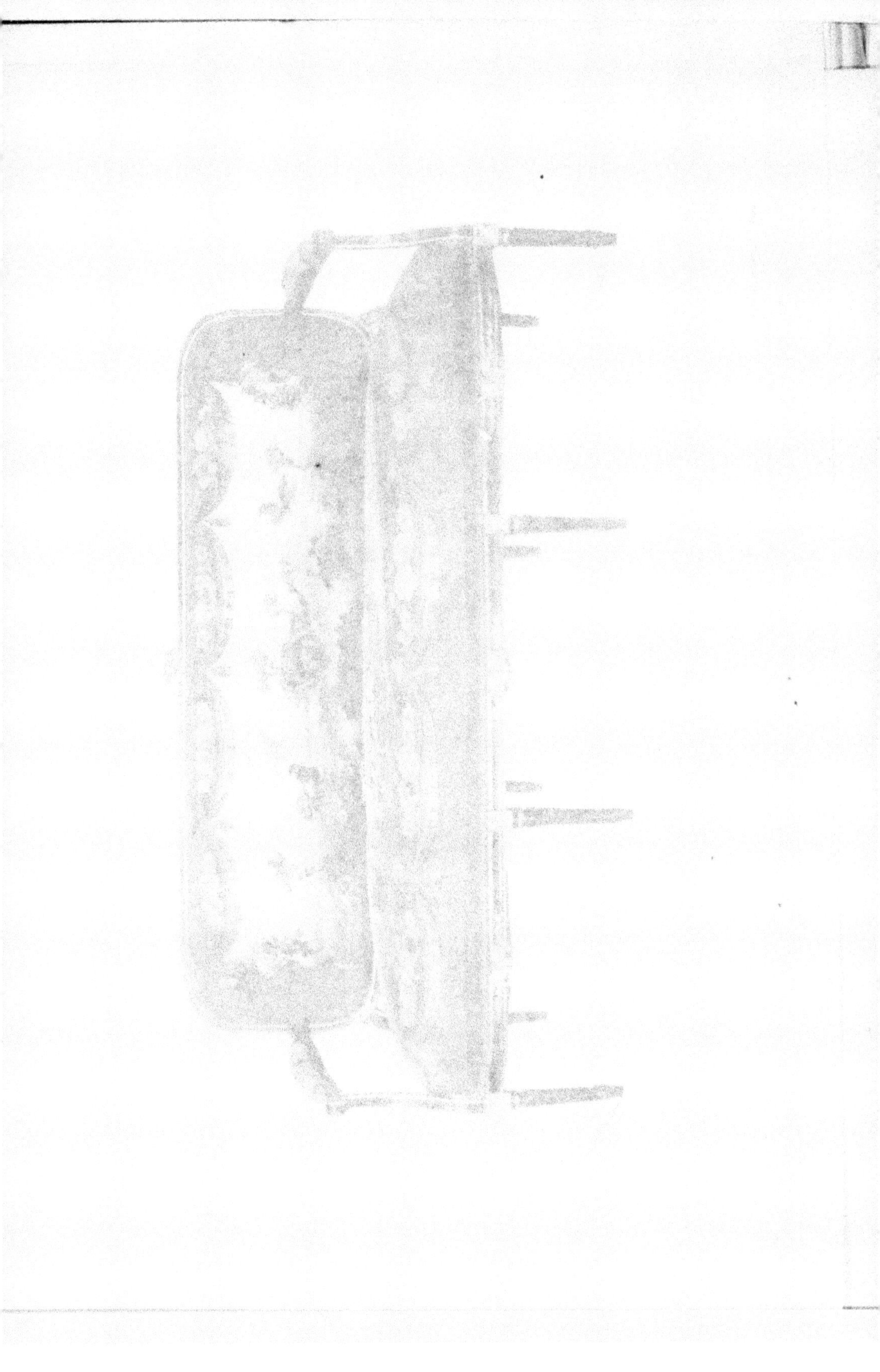

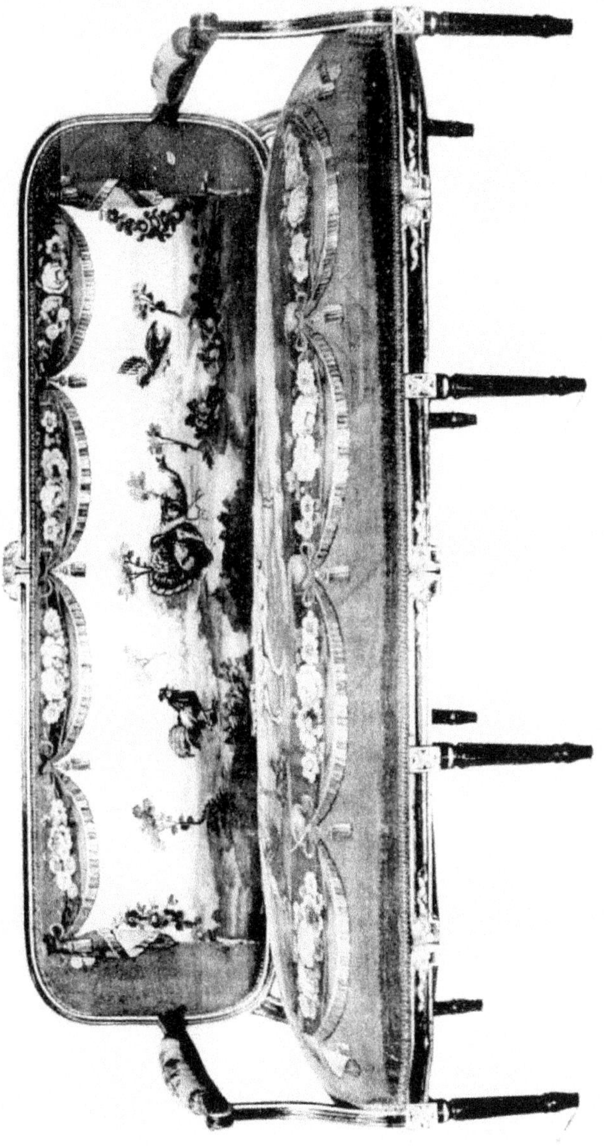

294 — Canapé et fauteuil en bois noir et or, couvert en tapisserie d'Aubusson du temps de Louis XVI, à dessin d'animaux dans des paysages avec encadrements de draperies rouges et de fleurs.

295 — Chaise-longue en bois sculpté et doré, à motifs Louis XV, couverte en velours havane.

296 — Quatre fauteuils en bois peint gris, dossiers-médaillons, couverts en brocart d'or et lampas bleu.

297 — Tabouret en bois doré, couvert en velours rouge.

298 — Cinq chaises en bois doré, dossiers à lyres; sièges couverts d'étoffes variées. Style Louis XVI.

299 — Deux poufs en bois doré et soie vieux rose brochée et chaise-longue en deux parties en bois doré Louis XV, couverte en satin vieux rose.

MEUBLES, TAPIS

300 — Coffre en bois sculpté, à montants formés de cariatides et à encadrements composés de grappes de raisin, oiseaux, feuillages et mascarons. Fin du XVIe siècle.

Haut., 64 cent.; larg., 1 m. 53 cent.

301 — Grand meuble, à deux corps, en chêne sculpté, fermant à quatre portes. Les vantaux sont décorés de douze petites niches contenant en bas-relief les divinités de l'Olympe et des figures allégoriques. Montants ornés de rosaces et de rinceaux. Il est daté de 1598. Fin du XVIe siècle.

Haut., 2 m. 35 cent.; larg., 1 m. 73 cent.; prof., 61 cent.

302 — Coffre en bois sculpté, à sujets de chasse, du XVIIe siècle.

303 — CABINET en bois noir, décoré intérieurement de peintures à sujets de paysages animés. Travail hollandais. XVIIe siècle.

304 — MIROIR biseauté carré, dans un cadre en bois sculpté et doré à feuilles et fleurs. Époque Louis XIII.

305 — ÉCRAN en bois ajouré, à feuille en tapisserie au point, décorée de sujets mythologiques. Époque Louis XIV. Il peut accompagner les fauteuils n° 269.

306 — CONSOLE en bois sculpté et doré, à quatre pieds cambrés, décorée sur la ceinture d'un mascaron et de feuillages. Tablette de marbre vert-campan. Époque Louis XIV.

Larg., 1 m. 5 cent.; prof., 54 cent.

307 — TABLE DE MILIEU, de forme oblongue, en chêne sculpté et doré, sur quatre pieds cambrés, décorée sur la ceinture de palmettes, de fleurs et de branchages ajourés. Époque Louis XIV. Tablette de marbre de couleur.

Larg., 1 m. 20 cent.; prof., 70 cent.

308 — CONSOLE en bois sculpté, peint marron et doré, à ceinture ornée d'une palmette, et sur deux pieds reliés par une traverse. Dessus de marbre ranz. Époque Louis XIV.

309 — CONSOLE en chêne sculpté et ajouré, à décor de palmettes, fleurons et feuillages. Époque Régence. Tablette de marbre ranz.

Larg., 1 m. 35 cent.; prof., 65 cent.

310 — ÉCRAN en bois sculpté, à palmettes, feuillages et quadrillés. Feuille en tapisserie flamande, présentant un vase de grosses fleurs. Époque Régence.

Haut., 1 mètre; larg., 67 cent.

311 — COMMODE RÉGENCE, à trois rangs de tiroirs, en bois de violette. Tablette de marbre.

Larg., 1 m. 35 cent.; prof., 68 cent.

312 — GLACE biseautée, dans un cadre en glace, bois et pâte dorés; à grand fronton orné d'un vase de fleurs et de feuillages. Époque Régence.

313 — Commode Régence, à trois rangs de tiroirs en bois de placage; cannelures de cuivre, poignées de bronze. Tablette de marbre.

Larg., 1 m. 35 cent.; prof., 65 cent.

314 — Console en bois sculpté, peint marron et doré; ceinture et traverse d'entrejambes, formée de motifs rocaille ajourés. Tablette de marbre ranz. Époque Régence.

Haut., 86 cent.; larg., 1 m. 31 cent.

315 — Important chiffonnier, à six tiroirs, en marqueterie de bois de couleurs, à décor de branches de fleurs, avec rosaces et encadrements sur les côtés. Entrées de serrures, poignées, chutes et bordures de draperies en bronze doré. Dessus de marbre blanc. Époque Louis XVI.

Haut., 1 m. 35 cent.; larg., 1 mètre.

316 — Petite table de milieu, de forme contournée, à un tiroir; bois de placage, garniture de bronzes. Tablette de marbre. Époque Louis XV.

317 — Petite table-pupitre en bois de violette du temps de Louis XV.

Haut., 75 cent.

318 — Petit bureau, à dos d'âne, en marqueterie de bois de couleurs à fleurs. Il contient trois tirois extérieurs. Époque Louis XV.

Haut., 94 cent.; larg., 81 cent.

319 — Meuble-vitrine Louis XV en bois de placage, fermant à deux portes et contenant un tiroir; signé : *Dubut*. Il est garni d'encadrements, entrées de serrures, chutes à mascarons, bordures à petits godrons en bronze. Dessus de marbre ranz.

Haut., 1 m. 54 cent.; larg., 97 cent.

320 — Petite commode, à deux tiroirs, en marqueterie de bois de couleurs, à quadrillés et petits chevrons. Poignée, entrées de serrures et chutes en bronze doré à motifs rocaille. Tablette de marbre de couleurs. Époque Louis XV.

Larg., 90 cent.; prof., 50 cent.

321 — Petite console, à un tiroir, Louis XV, garnie de cuivres.

322 — Console en bois ajouré et doré, à deux pieds enguirlandés et reliés par un motif rocaille; tablette de marbre ranz. Époque Louis XV.

Larg., 1 m. 4 cent.; prof., 55 cent.

323 — Grande commode Louis XV en bois de placage, à trois rangs de tiroirs; garnitures de bronze, tablette de marbre ranz.

Larg., 1 m. 40 cent.; prof., 68 cent.

324 — Table-toilette Louis XV en bois de rose et bois de violette.

325 — Petite commode Louis XV, à trois tiroirs, en bois de rose et bois de violette, garni de cuivres. Dessus de marbre gris-veiné.

326 — Glace, dans un cadre en bois doré, à fronton ajouré; décor de bouquets de fleurs et guirlandes. Époque Louis XV.

327 — Commode Louis XV en chêne, à trois rangs de tiroirs, garnitures de bronze. Tablette de marbre ranz.

328 — Commode Louis XV, à trois rangs de tiroirs, en bois de rose et de violette, à filets, chutes et poignées en bronze. Tablette en marbre ranz.

329 — Miroir de toilette biseauté, dans un cadre Louis XV, en bois doré, à moulures et fleurettes.

330 — Miroir de toilette dans un cadre Louis XV en buis sculpté, à motifs rocaille.

331 — Commode Louis XV, à trois rangs de tiroirs, en bois de violette. Chutes, poignées et entrées de serrures en bronze, à motifs rocaille. Tablette de marbre ranz.

332 — Table de nuit ovale en acajou, avec tablette d'entrejambes; dessus de marbre, galerie de cuivre. Fin de l'époque Louis XV.

333 — Commode à quatre tiroirs, en bois de placage garni de bronzes. Tablette de marbre. Fin de l'époque Louis XV.

334 — Armoire à deux portes, en bois de rose, chutes en bronze; tablette de marbre. Fin de l'époque Louis XV.

Haut., 1 m. 45 cent.; larg., 92 cent.

335 — Table de nuit en marqueterie de bois de couleurs incrustée de nacre, à paysages de style chinois et vases de fleurs. La tablette d'entrejambes porte l'inscription : *A Voltaire 1767*. Fin de l'époque Louis XV.

336 — Console demi-lune en bois sculpté, à ceinture ornée de rosaces dans des entrelacs ; elle repose sur deux pieds cannelés. Tablette en marbre ranz. Époqué Louis XVI.

337 — Table de milieu en bois sculpté et doré, décorée dans la ceinture de rinceaux et de cygnes. Pieds formés de carquois. Époque Louis XVI.

Larg., 1 m. 11 cent.; prof., 59 cent.

338 — Bureau en bois de placage, à deux tiroirs, tablette mobile et grand casier à coulisses, surmonté d'un miroir présentant, de chaque côté, deux médaillons en ancien biscuit de Sèvres, à sujets allégoriques en blanc sur fond bleu; petits vases d'amortissement en bois doré; frises de rinceaux, poignées et entrées de serrures à mascarons en bronze doré. Époque Louis XVI.

Haut., 1 m. 79 cent.; larg., 1 m. 6 cent.; prof., 58 cent.

339 — Secrétaire droit à abattant, portes et tiroir en marqueterie de bois de couleurs, à médaillons contenant des habitations et entourés de branches de fleurs, avec vases sur les côtés. Tablette de marbre blanc. Époque Louis XVI.

Haut., 1 m. 41 cent.; larg., 76 cent.

340 — Petit bureau-bonheur du jour en acajou, à portes, tiroirs et glace au corps supérieur. Dessus de marbre brocatelle. Époque Louis XV..

341 — Petit guéridon, à pied-balustre d'acajou et tablette en granit rose, bordée de cuivre. Époque Louis XVI.

342 — Deux encoignures en bois de rose et satiné. Époque Louis XVI. Tablette de marbre ranz.

343 — Bureau plat en acajou Louis XVI, à filets de cuivre.

Larg., 1 m. 27 cent.; prof., 65 cent.

344 — Guéridon rond, à pieds cannelés; dessus de marbre blanc, galerie de cuivre. Époque Louis XVI.

345 — Autre analogue, à pieds unis.

346 — Table de dame, à trois tiroirs, en bois de placage; dessus de marbre, galerie de cuivre. Époque Louis XVI.

347 — Table de nuit en bois de placage; dessus de marbre blanc, galerie de cuivre. Époque Louis XVI.

348 — Grande table à jeu du temps de Louis XVI, garnie de cuivres.

349-350 — Deux tables de trictrac variées en acajou. Époque Louis XVI.

351 — Encoignure Louis XVI, à deux portes, en bois de placage, à cannelures de cuivre. Signée. Dessus de marbre.

352 — Bureau, à cylindre, du temps de Louis XVI, en acajou; galerie de cuivre, dessus de marbre blanc.

353 — Deux encoignures en bois de rose et marqueterie de bois de couleurs. Tablettes de marbre noir veiné. Époque Louis XVI.

354 — Secrétaire droit, à abattant, en marqueterie de bois de couleurs, garni de bronzes. Dessus de marbre noir veiné. Époque Louis XVI.

355 — Guéridon en bois de placage, à quatre pieds cannelés, reliés par une tablette. Galerie de cuivre. Dessus de marbre gris veiné. Époque Louis XVI.

356 — Secrétaire droit, à abattant, en bois de placage, à filets, avec cannelures simulées sur les pans coupés. Tablette de marbre noir veiné. Époque Louis XVI.

357 — Bureau à cylindre, surmonté d'un corps à deux portes munies de glaces. Bois de placage. Dessus de marbre blanc, galerie de cuivre. Époque Louis XVI.

358 — Table oblongue Louis XVI en acajou, à tiroir et tablette mobile. Galerie de cuivre. Dessus de marbre blanc veiné.

359 — Encoignure, à deux portes, en bois de placage à quadrillés. Dessus de marbre ranz. Époque Louis XVI.

360 — Table à jeu pliante en marqueterie de bois de couleurs, vase de fleurs, oiseaux et rinceaux. Travail hollandais du XVIIIe siècle.

361 — Petit guéridon rectangulaire en bois sculpté, à pied formé d'une statuette d'Hercule portant le globe et debout sur une tortue. XVIIIe siècle.

362 — Paravent, à six feuilles peintes sur toile, à sujets de style chinois, avec médaillons-bustes à la partie supérieure et paysages en grisaille dans le bas. Travail hollandais du XVIIIe siècle.

363 — Deux glaces, dans des cadres rocaille en bois doré. XVIIIe siècle.

364 — Bureau, avec corps supérieurs bas, à tiroir, en marqueterie de bois de couleurs, à motifs géométriques. Travail hollandais du XVIIIe siècle.

365 — Table-toilette en marqueterie de bois de couleurs, à damier et motifs rocaille. XVIIIe siècle.

366 — Jardinière carrée, fermant sur le dessus au moyen de deux volets, en marqueterie de bois de couleurs. Pieds reliés par un croisillon. XVIIIe siècle.

367 — TOILETTE ronde en bois de placage, avec pot à eau et cuvette en porcelaine dorée. Commencement du XIXe siècle.

368 — GUÉRIDON en marqueterie de bois de couleurs, incrusté d'ivoire, à sujet de combats. Travail de l'Indo-Chine.

Diam., 85 cent.

369 — JARDINIÈRE, sur pied-cariatide d'enfant, en bois peint et doré.

370 — DEUX GAINES en bois peint et doré, à pendentifs de fleurs.

371 — TABLE DE NUIT en bois de placage, à coulisse et à porte.

372 — COMMODE à un tiroir, en marqueterie de bois de couleurs, de travail hollandais.

373 — TABLE à pieds cambrés ; dessus brodé au point de Hongrie.

374 — GUÉRIDON rond, à pied en bois sculpté.

375 — VITRINE en acajou.

376 — GLACE dans un cadre rocaille en bois doré, à bords festonnés.

377 — GUÉRIDON en bois peint et doré, à tige simulant un tronc d'arbre.

378 — SUPPORT, formé d'une statuette de négrillon, en bois peint et doré.

379 — PETIT TRUMEAU, formé d'une glace, dans un cadre en bois doré à gros motifs rocaille.

380 — DEUX SUPPORTS en bois doré de même style.

381 — LIT en cuivre.

382 — GRAND TAPIS d'Aubusson ; motif géométrique au centre et guirlande de roses. Fin du XVIIIe siècle.

OBJETS D'ART & D'AMEUBLEMENT

Carte d'Entrée à l'Exposition Particulière

HOTEL DROUOT, SALLES N° 9, 10 & 11

M. PAUL CHEVALLIER

MM. MANNHEIM M. JULES FÉRAL

RED. :

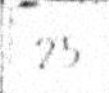

MIRE ISO N° 1
NF Z 43
AFNOR

graphicom

0 1 2 3 4 5 6 7 8 9 10

BIBLIOTHÈQUE
NATIONALE
DE FRANCE
* * * *
CHATEAU
DE
SABLÉ
1997

www.ingramcontent.com/pod-product-compliance
Ingram Content Group UK Ltd.
Pitfield, Milton Keynes, MK11 3LW, UK
UKHW020347180726
13839UKWH00002B/967

9 782329 250700